1318 행복을 공부합니다

글 **양태석**

서울예술대학에서 문학을 공부했고, 1991년 월간 〈문학정신〉 신인문학상에 단편 '신데렐라 연구'가 당선되어 등단했다. 그동안 쓴 책으로는 소설집 《다락방》과 동화집 《아빠의 수첩》《사랑의 힘 운동본부》《나눔》《책으로 집을 지은 악어》등이 있고, 아동 교양서로는 《강물아 강물아 이야기를 내놓아라》《실학자 정약용》 등 20여 권이 있다.

그림 **황중환**

광고 회사에서 일하다가 어릴 적부터 꿈꾸던 만화가가 되었다. '386C'를 동아일보에 2천 회 넘게 연재 중이고, 조선대학교 만화애니메이션학과 초빙교수를 거쳐 지금은 동아일보에서 만화 기자로 일하고 있다. 그동안 여행기 《낭만 카투니스트 유쾌한 프랑스를 선물하다》를 펴냈고, 그림을 그린 책으로는 《당신이 희망입니다》《공병호의 10대를 위한 자기경영노트》《사람이 가장 아름답다》 등이 있다. 새로 개정된 중학교 국어 교과서에도 여러 편의 만화가 실렸다.

Happy Today

1318 행복을
공부합니다

양태석 글 | 황중환 그림

주니어김영사

머리말 행복은 가까이 있습니다

요즘 아이들을 보면 때로 안쓰럽고 미안한 마음이 듭니다. 아침에 눈 비비고 일어나면 마치 전투를 치르는 것 같은 숨 막히는 하루가 시작됩니다.

학교 수업은 그렇다 치고 방과 후에도 아이들은 쉬지 못합니다. 대부분 서너 군데, 많게는 대여섯 군데 학원을 다니고, 학원 차에 실려 집 앞에 내리면 이미 하루는 지나가 버렸습니다. 남은 것이라고는 깜깜한 어둠과 지친 어깨에 매달린 가방뿐이지요.

요즘은 무한 경쟁의 시대라고 합니다. 모든 가치가 경제 중심으로, 금전 중심으로 돌아가면서 아이들의 삶에도 거센 파도가 몰아닥쳤습니다. 하루 종일 교과서, 참고서, 문제집에 파묻혀야 승자가 되고, 친구조차 짓밟고 올라서야 할 낯선 적군이 되어 버렸습니다.

하지만 아무리 이렇게 현실이 고달프고 힘들더라도 그냥 앉아 있을 수만은 없습니다.

나는 궁극적인 인간의 목표는 행복이라고 생각합니다. 지금 어떤 상태에 있건 우린 내 몫의 행복을 찾아 누려야 합니다. 비록 고단한 하루지만 그 안에서도 얼마든지 행복을 찾을 수 있습니다.

행복은 어떤 특별한 사람의 전유물이 아닙니다. 인간이라면 누구

나 행복할 자격이 있고 권리가 있습니다. 또한 행복은 저 멀리 있는 것이 아닙니다. 바로, 지금, 여기, 우리 곁에 있으며, 우리 마음 안에 있습니다.

　욕심을 버리고, 성내지 않고, 이웃과 화해할 줄 아는 마음, 배려와 사랑, 나눔의 마음 안에, 그리고 행복이 있습니다.

　깊고, 넓고, 따뜻한 마음에 대해 생각해 봅니다. 나의 가족, 한 잔의 차, 친구의 고마운 말 한 마디에 행복이 있습니다. 눈으로 볼 수 있는 것, 손으로 느끼는 것, 혼자 힘으로 걸어 다니는 것도 행복입니다. 사소하고 하찮은 것에도 행복이 있습니다.

　찡그리지 마세요. 가만히 생각해 보면 행복은 너무 가깝습니다. 지금 바로 미소를 지어 보세요. 그냥 미소만 지어도 그 순간 행복이 느껴집니다.

　아무쪼록 이 책과 더불어 여러분의 삶이 조금이나마 위안 받고 행복해지기를 기원합니다.

양 태 석

차 례

Happy
Today

가족

보람이는 일주일 동안
극기 훈련 캠프에 다녀왔습니다.
산에다 텐트를 치고 자고
높은 산을 넘고
비 오는 산길을 걸었습니다.

땀에 젖은 채 쪼그려 앉아
길에서 밥을 먹었고
발가락에 물집이 잡혀 쓰라렸습니다.

마침내 집에 가는 날,

고속 도로를 달려
버스 터미널에 도착했을 때
저기 아버지와 어머니가 보입니다.

어머니가 달려옵니다.
보람이도 달려갑니다.

아버지도 뒤따라옵니다.
셋은 얼싸안았습니다.

겨우 일주일인데
아버지도 어머니도
보람이도 눈물이 납니다.

가족은 행복입니다.

행복한 책 읽기

책을 읽다가 코끝이 찡해진 적 있습니까?
가슴이 뭉클한 적은요?

《플랜더스의 개》
《엉클 톰스 캐빈》
《나의 라임오렌지 나무》 같은 명작을
읽어본 사람이라면
코끝이 찡하고 가슴이 뭉클한
감동을 느꼈을 겁니다.

감동을 주는 책은 좋은 책입니다.
이런 책을 많이 읽으면 저절로 마음이 자랍니다.
마음이 넓어지고 깊어지고 그윽해집니다.

책을 읽으면
점점 더
행복해집니다.

책 속에 길이 있고
희망이 있거든요.

*Happy Class...* 행복한 교실

조선 4대 임금인 세종대왕은 책을 너무 많이 읽어 어머니인 원경왕후가 책을 감출 정도였고, 프랑스 황제 나폴레옹은 책을 보물처럼 여겨 전생터에서도 책을 읽었습니다. 또 영국의 인기 작가 조앤 롤링은 끊임없는 독서를 통해 전 세계 어린이들에게 사랑받는 《해리포터》 시리즈를 쓸 수 있었답니다.

한 끼의 밥

지구에 사는 60억 인구 중
12억 명이 굶주림에 시달리고 있습니다.

주로 에티오피아, 콩고, 방글라데시, 수단, 인도네시아,
모잠비크, 소말리아, 르완다, 북한 등
40여 개 나라에 사는 사람들입니다.

이들은 날마다 2만 4000명이나 굶어서 죽고,
어린이들은 6초에 한 명씩 굶어서 죽어 갑니다.

그뿐이 아닙니다.
강대국 미국에서도 120만 명의 어린이가 굶주리고 있고,
우리나라에도 45만 명의 결식아동이 있답니다.

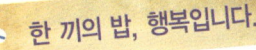

한 끼의 밥, 행복입니다.

물

오염된 물을 마시면
콜레라나 장티푸스에 걸릴 수 있습니다.

전 세계에서 해마다 200만 명이
오염된 물을 마셔 병에 걸린다고 합니다.
그중 하루 5000명의 어린이가 죽어 갑니다.

깨끗한 물을 마실 수 있는 것

언제 어디서나 깨끗한 물을
마음대로 마실 수 있는 것

작지만 큰 행복입니다.

아버지의 출근

늦게 퇴근하시고 가장 먼저 일어나 씩씩하게 출근하시는 아버지
하지만 출근길이 만만치 않습니다.

그래도 아버지는 오늘도 씩씩하게 출근하십니다.

엄마의 요리법

엄마의 요리 솜씨는
정말 최고입니다.

된장국, 김치찌개는 물론
스파게티, 피자까지도
정말 최고의 맛을 내지요.

그런데 엄마에게는 비법이 담긴
요리책이 한 권 있습니다.

외할머니한테 물려받은 요리책인데요,
그 책에는 단 한 줄 이렇게 쓰여 있답니다.

"애야, 무슨 음식이든
사랑과 정성을 듬뿍 넣어 요리하거라."

작곡가 사라사테

바이올린 연주자가 무대에서
연주를 하고 있습니다.

때로는 부드럽고 아름답게
때로는 강하고 힘차게
바이올린의 선율이
듣는 이들의 마음을 사로잡습니다.

사람들은 모두 멋진 음악에
혼이 빠진 듯한 표정이었습니다.

스페인의 작곡가 사라사테가
〈집시의 노래〉란 곡을 연주한 것입니다.

연주가 끝나자 사람들이
사라사테를 향해 말했습니다.
"당신은 바이올린의 천재입니다."

그러자 사라사테가 말했습니다.
"천재라뇨? 당치 않습니다.
저는 37년 동안 하루도 빠짐없이
하루에 14시간씩 연습했는걸요."

끝없는 연습과 노력이
천재를 만듭니다.

꿀벌 이야기

웽웽.
꿀벌이 나타나면 쏘일까 무서워서
도망치기 바쁘지요?

하지만 알고 보면 꿀벌은
우리 인간에게 아주 소중한 존재입니다.

지구 상의 식물 70%가 곤충에 의해 수정됩니다.
그중 꿀벌이 아주 큰 몫을 차지하지요.

몸에 잔털이 많은 꿀벌이
이 꽃에서 저 꽃으로 날아가
수술의 꽃가루를 암술머리에 묻혀 줘야
식물은 비로소 열매를 맺을 수 있습니다.

농작물도 마찬가지입니다.
농작물의 50% 이상이
꿀벌에 의해 수정되어 열매를 맺습니다.
꿀벌이 없으면 농작물은 살아남을 수도 없습니다.

과학자 아인슈타인은 이렇게 말했습니다.
"꿀벌이 사라진다면 인류는 4년 안에 멸망할 것이다."

꿀벌, 정말 대단하지요?

어머니의 힘

오래 전 외국에서 있었던 실화입니다.

어떤 아주머니가 여러 달 동안 병원에 입원해 있다 퇴원했습니다.
병은 나았지만 아주머니는 뼈만 남은 허약한 모습이었습니다.

아저씨는 힘들어하는 아내를 위해 마차를 불렀습니다.
그리고 다섯 살짜리 딸 줄리와 함께 집을 향해 출발했습니다.

그런데 이게 웬일입니까.
마차가 달리던 중에 사고가 나 줄리가 그만
마차에서 떨어지고 말았습니다.

급히 마차에서 내려 보니 줄리의 다리가
마차 바퀴에 깔려 있었습니다.
줄리는 계속 비명을 질러 댔습니다.
"엄마, 아빠, 얼른 꺼내 주세요!"

아저씨와 마부가 마차 바퀴를 들어 올렸습니다.
하지만 하필 그곳이 진흙 구덩이라 발이 자꾸 미끄러졌습니다.

그때였습니다.
느닷없이 발만 동동 구르던 아주머니가
아저씨와 마부를 밀쳐 내고 마차 바퀴를 잡았습니다.

이윽고 '끙' 하는 소리가 들리더니 바퀴가 번쩍 들렸습니다.
그 틈에 아저씨가 재빨리 줄리를 빼냈습니다.

이 일은 신문에 크게 소개되었습니다.
사람들은 갓 퇴원한 병약한 아주머니가 어떻게
진흙 속에 박힌 마차 바퀴를 들어올렸을까 놀라워했습니다.

결론은 간단했습니다.
그것은 바로 어머니였기 때문에 가능한 일이었습니다.

Happy Class... 행복한 교실

어머니의 사랑은 조건도, 이유도 없습니다. 바라는 것도 원하는 것도 없습니다.
오로지 자식이 건강하고 행복하기만을 바라며 끝없이 베풀기만 하는 것이 바로
어머니의 사랑입니다.

통일

진호 할아버지의 고향은 평양입니다.

1950년 한국 전쟁 때
남한으로 내려와
60년 동안 한 번도
고향에 가지 못했습니다.

할아버지는 술이 많이 취하면
택시를 향해

"평양, 평양 따블!"
하고 외칩니다.

할아버지는 종종 파주 통일전망대에 갑니다.
전망대에서 가만히 북쪽 하늘을 바라보며
이렇게 말합니다.

"새라면 좋겠다, 고향 한 번 가보게."

할아버지의 눈가에 눈물이 고입니다.

진호는 손 모아 기도합니다.

"우리 할아버지
고향 가실 수 있게
얼른 통일되게 해 주세요."

우리의 소원은 통일입니다.

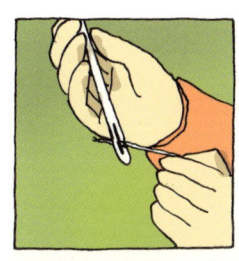

*이산가족은 남북한 통틀어 약 1000만 명이나 된답니다.

텔레비전 = 바보상자

텔레비전을 지나치게 많이 보면
스스로 생각하는 능력,
스스로 문제를 해결하는 능력이 떨어집니다.

텔레비전이 말하는 대로 생각하고
텔레비전이 보여주는 대로 생각하면
점점 상상력은 줄어들고
다들 똑같은 생각을 하게 됩니다.

특징도 개성도 없는
붕어빵 같은 인간이 될지도 모릅니다.

이 때문에
텔레비전을
바보상자라고 하는 겁니다.

때때로 텔레비전 말고
다른 할 일을 찾아보세요.

책을 읽는다면 더욱 좋겠지요.

텔레비전을 끄고
책을 열면
뜻밖의 아름다운 세계가 펼쳐집니다.
여러분의 꿈과 미래는
그 세계 안에 있습니다.

행복한 대통령

미국 제30대 대통령 캘빈 쿨리지는
매우 검소하여 국민들에게 큰 사랑을 받았습니다.

부인 그레이스 여사도
역시 검소한 사람이었습니다.

하루는 그레이스 여사의 초상을 그리기 위해
화가가 백악관으로 들어왔습니다.

그레이스 여사가 화가에게 물었습니다.
"내가 아끼는 흰색 개와 포즈를 취하고 싶은데 괜찮을까요?"

화가가 대답했습니다.
"좋습니다, 그렇다면 개가 흰색이니까
여사께서는 지금 입고 있는 흰 드레스 대신
빨간 드레스를 입는 게 좋겠군요."

그런데 그레이스 여사에게는
빨간 드레스가 없었습니다.

여사는 대통령에게 빨간 드레스를
한 벌 사달라고 부탁했습니다.

그러자 대통령이 부인에게 말했습니다.
"여보, 그럴 것 없이 흰 드레스를 그대로 입고
그 개를 빨갛게 칠하면 어떻겠소?"

대통령의 말에 그레이스 여사는 그만
웃음을 터뜨리고 말았습니다.

국민들에게 사랑을 받는 대통령은
참으로 행복한 대통령입니다.

1초의 힘*

처음 뵙겠습니다.
이 1초의 짧은 말에서 강한 첫인상을 느낄 때가 있어요.

고마워요.
이 1초의 짧은 말에서 상대방의 따뜻함을 알 때가 있어요.

힘내세요.
이 1초의 짧은 말에서 용기가 살아날 때가 있어요.

축하해요.
이 1초의 짧은 말에서 넘치는 행복을 느낄 때가 있어요.

용서하세요.
이 1초의 짧은 말에서 상대방의 겸손한 모습을 볼 때가 있어요.

안녕.
이 1초의 짧은 말이 영원한 이별이 될 때가 있어요.

사람은 1초에 기뻐하고 1초에 울어요.

여러분은 1초를 어떻게 쓰고 있나요?

*일본 세이코 시계 광고에서 인용.

긍정의 힘

지난달에는 무슨 걱정을 했지?
지난해에는?
그것 봐, 기억조차 못 하잖아.
그러니까 오늘 네가 걱정하는 것도 별 거 아냐.
잊어버려, 내일을 향해 사는 거야.
  – 아이아코카, 크라이슬러 자동차 전 사장

네가 지금 길을 잃어버린 것은
새로 가야할 길이 있기 때문이다.
  – 프랑스 속담

미래는 자신이 가진 꿈을 믿는 사람들의 것이다.
  – 엘리너 루스벨트, 미국 여성 사회운동가

"할 수 있다! 잘 될 것이다!"라고 생각하라.
그러고 나서 방법을 찾아라.
  – 링컨, 미국 16대 대통령

자신감은 성공으로 이끄는 제1의 비결이다.
  – 에디슨, 미국 발명가

자기가 하는 일에 신념을 가져라.
자기가 하는 일이 좋다고 굳게 믿으면 거기서 에너지가 생긴다.

– 괴테, 독일 시인

Happy Class…행복한 교실

아무리 힘든 일이라도 곧 지나갑니다. 긍정적으로 생각하세요. 긍정적인 마음이
행복의 첫걸음입니다.

친구니까요

1970년 베트남 전쟁* 당시
미국인 선교사들이 운영하는 고아원에
폭탄이 떨어졌습니다.

여러 명의 아이들이 다쳤는데
그중 한 소녀가 피를 너무 많이 흘려
생명이 위독했습니다.

불행히도 어른 중에는
소녀와 혈액형이 같은 사람이 없었습니다.

한 미국인 의사가 고아원 아이들에게
서툰 베트남 어로 말했습니다.

"이 소녀를 위해 피를 줄 사람 없니? 손을 들어다오."
아무도 손을 들지 않았습니다.

그런데 잠시 후,
한 소년이 손을 들었습니다.
다행히 그 소년은 소녀와 같은 혈액형이었습니다.

소년은 소녀와 나란히 누웠습니다.
의사가 소년의 팔뚝에 주사바늘을 꽂자
소년의 눈가에 눈물이 고였습니다.

의사가 왜 우느냐고 물었지만
소년은 아무 말도 하지 않았습니다.

나중에 알고 보니 소년은
자기 피를 모두 뽑아 소녀에게 주는 줄 알고 있었습니다.

헌혈을 하고 나면
자기는 곧 죽는다고 생각했던 겁니다.

감동한 선교사가 소년에게 물었습니다.
"죽을 줄 알면서 왜 손을 들었니?"

소년이 소녀를 돌아보며 말했습니다.
"얘는 내 친구니까요."

*베트남 전쟁 : 1960년부터 1975년까지 베트남의 독립과 통일을 위해 벌인 전쟁
입니다. 남베트남을 지원하기 위해 미국이 군대를 파병했지만 전쟁에 대한 미국
내 여론이 악화되어 결국 북베트남이 승리, 베트남을 통일하게 되었습니다.

내가 먼저

친구와 싸우고 일주일이 되었습니다.
친구 녀석이 사과를 하지 않아 화가 납니다.
"나쁜 놈!"

어머니가
형과 함께 거실을 청소하라고 합니다.
형은 꼼짝도 하지 않습니다.
나도 혼자서는 절대 하지 않을 생각입니다.
난 바보가 아닙니다.

교실 바닥에 휴지가 떨어져 있습니다.
눈에 거슬립니다.
자꾸 신경이 쓰입니다.
하지만 결국 외면하고 맙니다.
아무도 줍지 않는데
왜 내가 주워야 하나요.

이런 일, 한 번쯤 있었을 거예요.
이젠 이런 마음에서 졸업하는 게 어때요?

속상하고, 화나고, 귀찮아도
내가 먼저 나서서 하는 사람.

이런 사람이
행복을 만드는 사람입니다.

메아리의 법칙

민수가 처음으로 산에 올라가 정상에서 소리를 질렀습니다.
"야호, 정상이다!"

순간, 맞은편에서 같은 소리가 들렸습니다.
"야호, 정상이다!"

"어떤 녀석이 내 말을 따라 하는 거야?"
"어떤 녀석이 내 말을 따라 하는 거야?"

"이 나쁜 놈아!"
"이 나쁜 놈아!"

민수는 집으로 돌아가 어머니에게 말했습니다.
"산에 내 목소리를 똑같이 흉내 내는 못된 자식이 있어요."

그러자 어머니가 빙그레 웃으며 말했습니다.
"다시 산에 가거든 '난 널 좋아해.' 라고 말해 봐.
그리고 뭐라고 대답하는지 잘 들어보렴."

다음날 민수는 다시 산으로 올라가 소리쳤습니다.
"난 널 좋아해!"
"난 널 좋아해!"

되돌아온 말에 민수는 깜짝 놀랐습니다.
민수는 다시 어머니에게 달려가 말했습니다.

"어머니, 내가 좋아한다고 하니까
그 애도 내가 좋다고 했어요.
이젠 그 애한테 좋은 말만 할래요."

민수의 말에 어머니도 활짝 웃으며 말했습니다.
"그래, 그러렴."

Happy Class... 행복한 교실

사람과 사람 사이에도 메아리가 있습니다. 상대방에게 좋은 말을 던지면 좋은 말
이 돌아오고, 나쁜 말을 던지면 나쁜 말이 돌아옵니다. 이것이 바로 메아리의 법
칙입니다.

Happy
Today

꿈

민호는 단칸방에서 삽니다.
어머니는 편찮으십니다.

급식비를 내지 못했습니다.
성적도 그다지 좋지 않습니다.
컴퓨터가 너무 오래됐습니다.

값비싼 신발도 없습니다.
고급 브랜드의 옷도 없습니다.
가족과 외식을 한 지가 언제인지 기억나지 않습니다.

하지만 민호는 부끄럽지 않습니다.
민호에게는 꿈이 있습니다.

어떤 어려움이 있더라도
꼭 축구 선수가 되려고 합니다.
박지성 선수 같은
국가 대표가 되는 것이 민호의 꿈입니다.

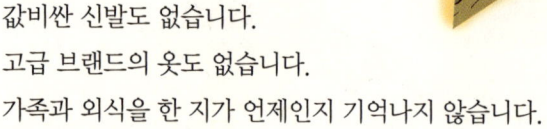

꿈이 있는 사람은 행복합니다.

서로 칭찬하는 가족

아빠가 말하셨어요.
"여보, 당신이 내 아내인 게 정말 기뻐."

엄마가 말했어요.
"당신은 정말 멋진 남편이에요."

아들이 말했어요.
"엄마 아빠 같은 분은 없어요. 정말 최고예요!"

딸이 말했어요.
"난 언제나 엄마 아빠가 자랑스러워요."

엄마 아빠가 동시에 말했어요.
"우리 딸, 우리 아들 최고다!
너희들 때문에 엄마 아빠는 행복해!"

《톰 소여의 모험》을 쓴 미국 소설가
마크 트웨인은 이렇게 말했답니다.

"멋진 칭찬을 들으면
그것만 먹고도 두 달은 살 수 있다."

수호천사

아직 엄마 뱃속에 있는 태아가
천사에게 말했습니다.
"태어나는 게 두려워요.
저는 힘도 없고 약한데 어떻게 사나요?"

천사가 말했습니다.
"걱정 마, 태어나면 수호천사가 널 지켜줄 거야."

태아가 고개를 갸우뚱거렸습니다.
"수호천사가 누군데요?"

천사가 웃으며 말했습니다.
"넌 아마 그 수호천사를 엄마라고 부를 거야."

Happy Class… 행복한 교실

언제 어디서나 우리를 지켜주는 사람, 어머니는 우리의 방패이며 수호천사입니다.

별

애야, 별을 본다는 건
먼 우주를 날아온 별의 빛을 보는 거란다.

별은 굉장히 멀리 있기 때문에
그 빛이 지구까지 오는 데 시간이 많이 걸리지.

예를 들어, 50광년 거리에 있는 별은
그 별빛이 50년이나 날아와야 지구에 도달하는 거야.

우리가 밤에 별을 하나 보았다면
적어도 몇 년, 또는 몇 십 년, 몇 백 년 동안
날아온 별빛을 보는 셈이지.

네 눈과 별빛이 만나는 순간,
정말 놀랍지 않니?

별을 본다는 건
정말 아름답고 멋진 일이란다.

강철 나비, 발레리나 강수진

독일 슈투트가르트 발레단, 수석 발레리나 강수진.
강수진은 얼굴도 예쁘고 아름다운 몸매를 가진
세계 최고의 발레리나입니다.

강수진의 간단한 약력입니다.
1985년 동양인 최초로 스위스 로잔 발레 콩쿠르 그랑프리.
1986년 최연소 슈투트가르트 발레단 입단.
1996년 슈투트가르트 발레단 수석 무용수.
1999년 무용계의 아카데미상 '브누아 드 라 당스'의
　　　　최고의 여성 무용수 선정.
1999년 대한민국 보관문화훈장.
2007년 독일 뷔템부르크 궁정무용가 칭호 수여.

강수진은 지금도
하루에 19시간씩 연습을 한다고 합니다.

1년이면 헤져서 못 신는 토슈즈가
무려 1000켤레나 됩니다.

어찌나 열심히 연습하는지 별명도 '강철 나비'입니다.

강수진의 발을 본 적이 있나요?
굳은 살이 박히고 울퉁불퉁 흉한 발입니다.

하지만
그 발은 끊임없는 노력과 연습의 상징입니다.

세계 최고의 발레리나만이 가질 수 있는
세상에서 가장 아름다운 발입니다.

강수진은 이렇게 말합니다.

"저는 정말 행복한 발레리나예요.
무대에 설 때마다 늘 행복을 느낀답니다."

진정한 행복은
끝없는 도전과 노력 뒤에 있습니다.

졸업식 축사

영국의 뛰어난 정치가이자 웅변가인
윈스턴 처칠은 제2차 세계 대전 때
영국의 총리로 활약했습니다.

또 《제2차 세계 대전》이란 책을 써서
노벨문학상을 받기도 했습니다.

처칠이 명문 옥스포드 대학에서
졸업식 축사를 할 때의 일입니다.

처칠은 열광적인 환영을 받으며 입장한 뒤
천천히 모자를 벗어 연단에 내려놓았습니다.
그리고 나서 청중들을 바라보았습니다.

청중들은 숨을 죽이고
근사한 축사를 기대했습니다.

드디어 처칠이 입을 열었습니다.

"포기하지 마라!"

처칠은 단지 그렇게 말한 뒤
가만히 청중들을 둘러보았습니다.

청중들은 그 다음 말을 기다렸습니다.
그때 처칠이 다시 말했습니다.

"절대로 포기하지 마라!"

처칠은 그렇게 말한 뒤
모자를 쓰고 연단을 걸어 내려왔습니다.

그것이 졸업식 축사의 전부였습니다.

포기하지 않으면
어떤 일이든 할 수 있습니다!

나도 할 수 있다

왜 나는 남보다 공부를 못할까?
왜 나는 남보다 노래를 못할까?
왜 나는 남보다 운동을 못할까?
왜 나는……?

혹시 이렇게 생각한 적 있습니까?
걱정은 이제 그만 하세요.

나도 할 수 있다!
나도 하면 된다!

자신감을 가지세요.

그리고 이 두 가지를 잊지 마세요.
그럼 이 세상에서 못할 일이 없답니다.

그 두 가지는 바로
귀찮아도 참고 견디는 끈기와
끝까지 밀어붙이는 노력입니다.

끈기와 노력이면
뭐든지 할 수 있습니다.

남과 비교하며
실망하지 말기

나 자신을 믿고
미래를 바라보기

 *Happy Class...* 행복한 교실

괴테는 《파우스트》를 23세부터 쓰기 시작하여 82세에 완성했습니다. 60년, 끈기
와 노력으로 탄생한 작품이 바로 《파우스트》입니다.

용감한 한스

한스의 아버지는 해난 구조대였습니다.
몇 년 전, 아버지는 난파된 배의
선원들을 구조하다 목숨을 잃었습니다.

한스의 형 파울도 해난 구조대입니다.
며칠 전, 바다로 출동했다가 실종되었습니다.

한스의 어머니는 깊은 슬픔에 빠졌습니다.

그런데 다시 해난 사고가 터졌습니다.
폭풍우 몰아치는 먼 바다에
한 사내가 표류하고 있다는 것입니다.

구조 대원이 부족하여 시에서 자원봉사자를 모집했습니다.
16세인 한스는 공고를 보자마자 곧바로 지원했습니다.

그러자 어머니가 울부짖으며 말했습니다.
"네 아버지도 바다에서 죽고, 네 형 파울도 바다에서
실종되었다! 한스야, 제발 가지 말거라!"

한스가 말했습니다.
"누군가는 가서 그 사람을 구해 와야 해요.
저도 조금이나마 힘을 보태고 싶어요."

결국 한스는 구조대와 함께 떠났습니다.

몇 시간 뒤
폭풍우를 뚫고 구조선이 포구로 돌아왔습니다.
뱃머리 맨 앞에 한스가 서 있었습니다.

한스가 뱃머리에서 손을 흔들며 외쳤습니다.

"우리 어머니에게 전해 주세요!
우리가 구한 사람은 바로 형 파울이에요!"

Happy Class...행복한 교실

위 이야기는 네덜란드에서 있었던 실화입니다. 남을 도와주면 저절로 기쁨과 행복의 에너지가 솟아납니다. 남을 돕는 것은 결국 스스로를 돕는 것입니다.

다문화 세상

우리나라가 세계화, 국제화되면서
다문화가정이 점점 늘고 있습니다.

우리는 이민 온 외국인,
혼혈아, 새터민*들과
함께 살고 있습니다.

그들이 나와 다르다고
놀리지 마세요.
차별하지 마세요.

모든 사람의 눈물은 짜고
모든 사람의 피는 붉습니다.

외국에 살면 외국인이고
한국에 살면 한국인입니다.*

차별 없는 대한민국이
아름다운 대한민국입니다.

*새터민 : 북한을 탈출하여 남한에서 사는 사람입니다.
*공익광고협의회 광고 카피를 인용했습니다.

백조

호수에 떠 있는 백조를 보면
그림처럼 아름답습니다.
우아한 기품이 감동적이지요.

하지만 물 아래서 보면
백조의 두 발은
쉼 없이 움직이고 있습니다.
전혀 우아하지 않지요.

백조가 물 위에서 우아해 보이는 것은
쉼 없이 움직이는 두 발의 노력 때문입니다.

사람도 마찬가지입니다.
어떤 사람이 정말로 훌륭하다면
그가 남들보다 열심히 노력했기 때문입니다.

공짜로 훌륭해지는 법은 없습니다.

늘 열심히 노력하는 사람이
아름답습니다.

1초라도 빨리?

아침에 눈 뜨자마자
학교로 달려가서

국어, 수학 배우고
과학, 사회에 영어도 배우고

학교 끝나면 다시 영어 학원, 수학 학원
논술 학원, 음악, 미술 학원까지

밤늦게 하루가 끝납니다.
정말 요즘 학생들은 너무 바쁩니다.

1초라도 빨리
하루라도 먼저
누가 뒤에서 쫓아오기라도 하는 듯
바쁘게 달려갑니다.

아무리 바쁘더라도 가끔씩
파란 하늘 한번 올려다보고 살아요.
밤하늘의 별도 바라보고

살갗에 스치는 바람도 느끼면서 살아요.

바쁜 중에도 틈은 있습니다.
호흡 한번 가다듬고
고요히 앉아 자신을 돌아보세요.

너무 시간에 쫓기면
행복도 멀어집니다.

종교

"쟤는 나와 종교가 달라. 마음에 들지 않아."
"바보처럼 왜 그런 종교를 믿지?
내가 믿는 종교가 제일 좋은데."

이런 생각 해 보셨나요?

인도의 성자 마하트마 간디는 이렇게 말했습니다.
"산을 오를 때 등산로가 달라도
끝까지 오르면 결국 정상에서 만난다.
종교가 서로 다르다는 것은 등산로가 다른 것일 뿐이다."

종교가 다르다고 친구를 차별하지 마세요.
친구의 종교를 인정해 주세요.

종교가 다르다고 서로 미워하면 영원히 싸움이 계속됩니다.
상대의 종교를 인정할 때 비로소 평화와 행복이 찾아옵니다.

티베트의 정신적 스승 달라이 라마는 이렇게 말했습니다.

"나의 종교는 친절입니다."

Happy Class... 행복한 교실

우리나라 인구 4700만 명중 종교를 가진 사람은 2500만 명입니다. 이 중 1072만 명이 불교를 믿고, 861만 명이 기독교(개신교)를 믿고, 514만 명이 천주교(가톨릭)를 믿습니다. 원불교와 유교를 믿는 사람은 10만 명 정도이고, 천도교, 증산교, 대종교를 믿는 사람은 3~4만 명 정도랍니다. –2010년 5월 연합뉴스 기사 인용.

밀레와 루소

〈만종〉을 그린 화가 밀레는 청년 시절에 매우 가난했습니다.
싸구려 그림을 그려 겨우 생계를 이어갔지요.
밀레는 싸구려 그림이나 그리는 자신이 수치스러웠습니다.

어느 날, 밀레는 마음을 고쳐먹었습니다.
자신이 정말 그리고 싶은 농촌 풍경을 그리기 시작한 겁니다.
밀레는 굶주림을 참으며 그림을 그렸습니다.

당시, 밀레의 가장 친한 친구는 사상가이자 소설가인 루소였습니다.
루소는 밀레가 안타까웠지만 도와줄 수가 없었습니다.
친구의 자존심을 잘 알고 있었기 때문이지요.

하루는 루소가 밀레를 찾아와 말했습니다.
"드디어 자네 그림을 사겠다는 사람을 찾았네!
그림 값으로 300프랑을 주기에 돈까지 받아왔네.
그림은 내 마음대로 골라서 가져오라고 했네."
루소는 밀레의 그림 중에서 〈접목하는 농부〉를 골랐습니다.

밀레는 300프랑으로 생활비를 해결하고
본격적으로 그림을 그리기 시작했습니다.

그로부터 몇 년 뒤, 밀레는 유명 화가가 되어
경제적 어려움도 자연스럽게 해결되었습니다.

어느 날, 밀레가 루소의 집필실을 찾아갔습니다.
그런데 이게 웬일인가요!
루소의 방에 〈접목하는 농부〉가 걸려 있었습니다.
그제야 밀레는 친구의 우정에 감동의 눈물을 흘렸답니다.

진정한 친구가 있다면
행복한 사람입니다.

더불어 사는 세상

우리 동네 교회를
새로 짓기 위해
철거 공사가 시작되었습니다.

며칠 동안 우지끈 뚝딱 철거를 하다가
갑자기 철거 공사가 뚝 멈췄습니다.

"어, 왜 그러지?"
다들 궁금하게 여겼습니다.

알고 보니 교회 건물 처마 밑에
제비집이 있었습니다.

부리가 노란 새끼제비 다섯 마리가
밥 달라고 째재잭 울고
아빠 엄마 제비가 정신없이 드나들며
먹이를 나르고 있었습니다.

교회 앞에 안내판이 붙었습니다.

새끼제비들이 제 힘으로 둥지를 떠날 때까지
철거 공사를 중단합니다.

사람과 동물이 더불어 사는 세상
참 좋은 세상입니다.

문자 한 통

엄마가 해인이에게 문자를 보냈습니다.
해인이가 중학생이 된 뒤 처음 본 시험을 망쳐
요즘 기분이 영 아니거든요.

엄마는 언제나 해인이를 사랑해! 알지?

해인이는 엄마 문자를 받고
빙그레 미소 지었습니다.
그리고 아빠에게 문자를 보냈습니다.
오늘 아빠가 출근하시는 뒷모습이
조금 쓸쓸해 보였거든요.

아빠, 힘내세요. 해인이가 있잖아요.

아빠가 빙그레 미소 지었습니다.
아빠는 해인이 할머니께 문자를 보냈습니다.
해인이 할머니는 요즘
감기에 걸렸거든요.

어머니, 감기약 꼭 드시고 힘내세요. 사랑합니다.

해인이 할머니는 빙그레 미소 지었습니다.
그리고 해인이 엄마에게 문자를 보냈습니다.
해인이 엄마는 요즘 마트에서 아르바이트를 하느라
무척 피곤하거든요.

에미야, 요즘 힘들지? 힘 내거라. 사랑한다.

문자 한 통, 사랑입니다.

사과나무 아저씨

옛날 미국 오하이오 주에
조나단 채프맨이란 사람이 살았습니다.

채프맨은 허름한 옷에 맨발로
산과 들을 돌아다녔습니다.

그는 음료수 공장에서 즙을 짜내고 남은
찌꺼기를 뒤져 사과 씨를 모았습니다.

가죽 주머니에 사과 씨가 가득 모이면
그는 돌아다니며 그 씨를 심었습니다.

맹수가 우글거리는 산에도, 들에도,
인디언 마을에도 사과 씨를 심었습니다.

채프맨은 무려 50년 동안이나 그 일을 계속했지만
정부에서는 싸구려 훈장 하나 주지 않았습니다.

봄이면 오하이오 주는 분홍빛 사과 꽃으로 뒤덮이고
가을이면 탐스러운 사과가 주렁주렁 열립니다.

채프맨을 기억하는 사람은 이렇게 말합니다.

"저 울창한 사과나무 숲 좀 봐!
저게 바로 조나단 채프맨이야!
저 숲이 바로 채프맨의 명예로운 훈장이라고!"

나무를 심으면
인류의 꿈과 희망이 자랍니다.

웃자 웃자

사람이 70살까지 산다면

일하는 데 26년
잠자는 데 23년
화장실 가고 씻는 데 3년 반이랍니다.
또 텔레비전 보는 데 7년이랍니다.

그리고
화내는 데 2년이라지요.

그럼 웃는 시간은 얼마나 될까요?
1년? 2년? 3년?

놀라지 마세요.
하루 10번 웃으면 약 5분인데,
평생을 합치면
겨우 88일밖에 안 됩니다.

그런데 사람들은
하루에 10번도 웃지 않는답니다.

앞으로는 많이 웃고 살아요.

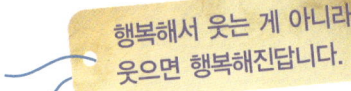

행복해서 웃는 게 아니라
웃으면 행복해진답니다.

이사 가는 날

지원이와 엄마는
이사 가기 전날
마트에 가서
사탕을 한 봉지 샀습니다.

꽃가게에서
예쁜 장미도 한 송이 샀습니다.

이사 가는 날
엄마와 지원이는 이삿짐을 모두 차에 싣고
장미꽃과 사탕을
싱크대 수납장에 넣었습니다.

그리고 그 옆에 둔
작은 카드에 이렇게 적었습니다.

이 집에 이사 오는 분
내내 건강하시고
하시는 일 모두 잘되길 빌어요.

〈알아 두세요〉

빨리 오고 제일 맛있는 중국집, 987-XXXX

값싸고 친절한 슈퍼마켓 3단지 앞, 싱싱마트

신선하고 영양 만점인 빵집 2단지 옆, 맛나베이커리

아이들이 가장 좋아하는 문구점 학교 앞, 코스모스 문구점

관리실 988-XXXX, 경비실은 인터폰으로 연결됩니다.

이웃에 대한 사랑이
세상을 아름답게 합니다.

Happy
Today

내일은 맑음

축구공

전 세계 유명 브랜드 축구공
75%를 파키스탄에서 만들고 있습니다.

5세에서 14세 사이의 파키스탄 어린이들이
학교도 못 가고
하루에 10~11시간씩
바느질을 해서 축구공을 만듭니다.

어찌나 힘든지
심한 허리 통증을 호소하는 아이
손가락이 까지고 뒤틀려
울먹이는 아이도 있습니다.

노예처럼 일하는 이들의 미래는 암담합니다.

알고 보면 신 나게 가지고 노는 축구공에도
이런 슬픔이 담겨 있답니다.

Happy Class ... 행복한 교실

축구공을 만드는 파키스탄 어린이들이 부디 고된 노동에서 벗어나 편해지기를,
행복해지기를 기원합니다.

네 잎 클로버와 세 잎 클로버

네 잎 클로버의 꽃말은 행운.

세 잎 클로버의 꽃말은 행복.

사람들은 네 잎 클로버를 찾으려고
세 잎 클로버를 밟고 다닙니다.

단 한 번의 행운을 위해
수많은 행복을 밟고 다닙니다.

앞으로는 세 잎 클로버도
사랑해 주세요.
세 잎 클로버의 행복도
지켜 주세요!

애완사슴 딜리

사슴농장에서 태어난 새끼사슴 딜리는
시력이 몹시 안 좋았고 건강하지도 못해
곧 죽을 것 같았습니다.

수의사인 멜라니 할머니와 남편 스티브 할아버지는
딜리를 집에 데려와 정성스럽게 치료해 주었습니다.

얼마 후, 할머니와 할아버지의 사랑으로
딜리는 시력을 회복했고 건강해졌습니다.

딜리는 2층에 자기 방도 있고 침대도 있습니다.
또 장미꽃과 커피, 얼음, 아이스크림을 좋아합니다.

한 방송국에서 딜리의 하루를
24시간 촬영하여 인터넷에 올리자
수만 명이 관심을 가지고 보았습니다.

딜리의 인기가 높아지자
할머니와 할아버지는 티셔츠에
딜리 사진을 인쇄하여 팔기 시작했습니다.

티셔츠는 아주 많이 팔렸습니다.
할머니와 할아버지는 그 수익금을
시각장애인 재단에 기부했습니다.
딜리의 인기 때문에 생긴 돈이니까
사실 딜리가 기부한 것이나 마찬가지지요.

사람이 사슴을 도와주고
다시 사슴이 사람을 도와준 셈입니다.

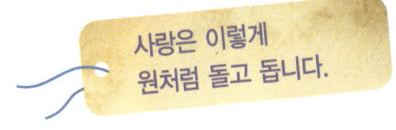

사랑은 이렇게
원처럼 돌고 돕니다.

*현재 딜리는 미국 오하이오 주에서 멜라니 할머니,
스티브 할아버지와 함께 행복하게 살고 있답니다.

인디언의 복수

가난한 인디언이 부유한 이웃집에 식량을 빌리러 갔습니다.
"죄송하지만 곡식을 좀 빌려 주십시오. 추수하면 갚겠습니다."

부유한 백인은 고개를 설레설레 저었습니다.
인디언은 할 수 없이 빈손으로 돌아섰습니다.
"정말 너무하는군."
인디언은 백인의 처사가 너무 괘씸해
화가 치밀어 올랐습니다.

그러던 어느 날 밤
백인의 집에서 울부짖는 소리가 들려왔습니다.
"우리 토미가 어디로 간 거야?
제발 누가 우리 토미 좀 찾아줘요!"
백인의 아내가 미친 듯이 소리를 질렀습니다.

인디언은 곧장 산으로 가서 토미를 찾아보았습니다.
낮에 토미가 산으로 가는 걸 보았던 것입니다.

인디언이 토미를 발견했을 때
토미는 벼랑 나뭇가지에 위태롭게 걸쳐 있었습니다.
미끄러져 떨어진 것 같았습니다.

인디언은 얼른 밧줄을 타고
벼랑 아래로 내려가 토미를 구해 냈습니다.

인디언은 토미를 업어다 백인의 집에까지
데려다 주었습니다.
백인 부부는 눈물을 흘리며 기뻐했습니다.

"정말 고맙소! 죽어도 이 은혜는 잊지 않겠소!"
인디언은 말없이 고개만 끄덕였습니다.

잠시 후, 백인의 집에서 나온 인디언은
빙그레 미소 지으며 이렇게 중얼거렸습니다.

"드디어 복수했군."

Happy Class...행복한 교실

중국 고전인 노자의 《도덕경》에 다음과 같은 글이 나옵니다.
"원한을 덕으로 갚아라. 원한을 덕으로 갚는 사람을 우리는 성인이라 부른다."
인도의 성자 마하트마 간디 역시 이런 말을 했습니다.
"증오를 사랑으로 갚는 사람이 진정한 영웅이다."

따뜻한 의사

걷는 것조차 힘들어 보이는
한 노인이 병원을 찾아왔습니다.

의사가 노인을 진찰해 보니
심한 영양실조였습니다.

의사는 노인에게 처방전을 써주었습니다.

노인은 처방전을 들고 병원을 나왔습니다.
하지만 약을 살 돈이 없어
처방전을 들고 멍하니 서 있었습니다.

노인은 무심히 처방전을 펼쳐 보았습니다.

그런데 이게 웬일인가요?

처방전 안쪽에 지폐 몇 장과
다음과 같은 글이 쓰여 있었습니다.

"이 돈으로 밥과 고기를 사서
하루에 세 번씩 복용하세요!"

생일

생일날 소영이가 화를 내며 소리쳤습니다.
"이건 내가 원한 선물이 아니잖아요!"

민수도 생일날 짜증을 냈습니다.
"생일인데 왜 용돈도 넉넉히 안 줘요!"

생일날 솔비도 신경질을 냈습니다.
"내 생일에 빅뱅 콘서트 보러 간다고 했잖아요!"

진호도 생일날 툴툴거렸습니다.
"고급 레스토랑에서 친구들이랑 파티하게 해 줘요!"

물론 생일은 소중한 날입니다.
내가 세상에 태어난 날이니까요.

하지만 이런 생각 해 보셨나요?

내 생일은 엄마가 가장 힘들었던 날이다.
엄청난 고통을 참아 내고
엄마가 나를 낳으신 날이다.

좋은 선물을 받는 것도 기쁘겠지만
한 번쯤은 엄마의 고통을 생각해 보세요.

좀 더 깊고 넓게
이해하는 사람이 아름답습니다.

왕따 친구

부모님이 이혼한 뒤
할머니와 둘이 사는 중학생 현식이는 왕따입니다.

아무도 현식이와 어울리지 않았습니다.

현식이는 늘 외롭고 슬퍼 보입니다.

학교 끝나고 집으로 돌아가는
현식이의 어깨가 축 처졌습니다.

같은 반 동호가 현식이의 어깨를 툭 쳤습니다.

"너 오늘 정말 멋져 보인다."

순간 현식이의 얼굴에
한 줄기 빛이 떠올랐습니다.

그날 동호는 현식이를 자기 집으로 데려가
영화도 보고, 컴퓨터도 하며 즐겁게 놀았습니다.

둘은 그 뒤로 친하게 지냈습니다.

한 달 후
현식이가 동호에게 말했습니다.

"네가 나한테 말을 걸어준 그 날,
사실 난 삶을 포기하려고 했었어.
죽으려고 했는데 네가 날 살려 주었어.
고마워, 동호야."

동호는 현식이의 말에 깜짝 놀랐습니다.
자기가 그날 말을 걸지 않았다면
현식이가 죽었을 거라고 생각하니 아찔했습니다.

Happy Class... 행복한 교실

친구를 외톨이로 만들지 마세요. 위 이야기처럼 때로는 그 친구의 목숨이 걸린 일일 수도 있습니다.

건강

소아 병동에 가 보셨나요?

사고로 다친 민수,
암에 걸린 소망이,
희귀병에 걸린 병진이.

수많은 아이들이 지금도 병상에 누워
병마와 싸우고 있습니다.

엄마와 아빠, 아이들이
깊은 시름에 잠겨 있습니다.
눈물 마를 날이 없습니다.

내 손으로 밥을 먹고
내 발로 화장실에 가고
내 마음대로 뛰어노는 것.

건강이 행복입니다.

자장면

다영이 엄마는
아이들과 자장면을 시켜 먹고
그릇을 꼭 닦아서 내놓습니다.

반짝반짝 빛나는 자장면 그릇을
아파트 문 앞에 내놓을 때
다영이 엄마의 얼굴엔 빛이 납니다.

하루는 자장면 배달 소년이
작은 쪽지를 남겼습니다.

문 앞에 붙은 쪽지에는
이렇게 쓰여 있었습니다.

"깨끗한 그릇 고마워요.
아줌마는
우리 가게 최고의 고객입니다."

작은 배려가
세상을 아름답게 합니다.

돌고래 윈터

마야 씨는 보스니아 내전 때
마당에 폭탄이 떨어지는 바람에
한쪽 다리를 잃었습니다.

정말 치명적인 장애였습니다.
여자의 몸이라 더욱 그랬습니다.

마야 씨는 깊은 절망에 빠졌습니다.
삶에 대한 희망을 완전히 잃어버렸습니다.

그러던 어느 날, 마야 씨는
동네 수족관에서 돌고래 윈터를 보았습니다.

덫에 걸려 꼬리를 잃은 윈터는
의족꼬리를 달고 힘차게 헤엄을 치고 있었습니다.

순간 마야 씨의 눈이 반짝였습니다.
"그래, 돌고래도 극복했다면 나도 할 수 있어!"

마야 씨는 윈터의 의족꼬리를 만들어준 회사에서
의족을 맞춘 뒤 인생을 새롭게 다시 시작했습니다.
그 후 골프와 조깅까지 하면서 삶의 기쁨을 되찾았습니다.

현재 마야 씨는 웹 사이트 개발 회사를 차려
활기찬 성공의 길을 달려가고 있습니다.
더불어 장애인을 돕는 일도 하고 있지요.

말 못 하는 동물이라고 얕보지 마세요.

때로는 동물도 사람에게
가르침을 주고 희망을 준답니다.

소록도의 두 천사

43년 동안 소록도에서 헌신적으로 봉사해 온
오스트리아 수녀 두 분이 고국으로 돌아갔습니다.
71세의 마리안느 수녀님과 70세의 마가렛 수녀님입니다.

두 분은 1960년대부터 소록도에서
한센병 환자들을 보살펴 오다
떠나기 하루 전날 병원장에게만
알리고 조용히 떠났다고 합니다.

두 수녀님은 43년 동안 장갑이나 마스크도 없이
맨손으로 환자들을 치료하고 껴안아 주었습니다.
두 수녀님은 떠나면서 이런 편지를 남겼다고 합니다.

이제 우리 나이도 칠십이 넘었습니다.
은퇴할 나이에서도 십 년이 지났습니다.
이곳에 더 있으면 괜히 짐이 될지도 모르겠습니다.
그래서 이제 그만 고국으로 돌아가려 합니다.
여기 있는 동안 부족한 외국인을 사랑으로 감싸 주셔서
감사합니다.

그리고 그동안 저희가 잘못한 것이 있었다면
부디 용서해 주세요.
미안합니다.

항상 감사하는 마음으로
마리안느와 마가렛 올림

43년 동안 온몸을 바쳐 봉사하고도
용서해 달라고, 미안하다고 말할 수 있을까요?
참으로 놀라울 따름입니다.

불행한 철수

철수는 윈드자켓을 가지고 있습니다.
하지만 민수 것이 더 멋지고 비싼 상표입니다.

철수는 자전거가 있습니다.
하지만 명호 것이 더 멋있습니다.

철수는 농구공이 있습니다.
하지만 강진이 것이 진짜 NBA 공인구입니다.

철수는 컴퓨터가 있습니다.
하지만 5년 전에 산 구형입니다.

철수는 윈드자켓, 자전거, 농구공, 컴퓨터를
생각할 때마다 자신이 불행하다고 느낍니다.

가난한 친구 윤호는 윈드자켓, 자전거도 없고
농구공도, 컴퓨터도 없는데
철수는 자꾸 더 나은 것과 비교하며
날마다 불행하다고 생각합니다.

자기 것에 만족하지 않으면
절대 행복해지지 않습니다.
철수처럼 날마다
불행하게 살 수밖에 없지요.

내가 가진 것을 소중히 여길 때
비로소 행복을 느낄 수 있답니다.

만족을 알면 행복해집니다.

소방관의 시

2001년 서울 홍제동 화재 때
6명의 소방관이 불을 끄다 목숨을 잃었습니다.
이때 순직한 김철홍 소방관의 책상 위에서
다음과 같은 시가 발견되었습니다.

어느 소방관의 기도

제가 업무의 부름을 받을 때에는
신이시여,
아무리 강렬한 화염 속에서도
한 생명을 구할 수 있는 힘을
저에게 주소서.

너무 늦기 전에
어린아이를 감싸안을 수 있게 하시고
공포에 떨고 있는
노인을 구하게 하소서.

격렬한 화염 속에서도 저의 귀를 지켜 주시어
가냘픈 외침까지도 들을 수 있게 하시고
신속하고 효과적으로 화재를 진압하게 하소서.

저의 업무를 충실히 수행케 하시고
제가 최선을 다할 수 있게 하시어
저희 모든 이웃의 생명과 재산을 보호하고
지키게 하여 주소서.

그리고
신의 뜻에 따라
목숨을 잃게 되면
신의 은총으로
제 아내와 가족을 돌보아 주소서.

Happy Class... 행복한 교실

지금 이 시간에도 어린아이와 노인을, 그리고 수많은 가족을 살리기 위해 뜨거운
불길 속으로 뛰어드는 사람들이 있습니다. 오직 하나뿐인 자기 목숨을 걸고, 우리
의 행복을 지켜 주는 위대한 사람들이 있습니다. 우리는 이들을 '소방관'이라고 부
릅니다.

패스트푸드와 쓰레기

패스트푸드 전문점에서
햄버거와 치킨, 콜라를 먹었습니다.

다 먹고 나니 이런 것들이 남았습니다.

햄버거 포장지, 치킨을 담았던 종이 상자
야채 샐러드를 담았던 플라스틱 그릇, 종이 숟가락
짜 먹는 케첩 껍질, 콜라 종이컵
콜라 종이컵에 덮여 있는 플라스틱 뚜껑
플라스틱 빨대, 종이 냅킨
물휴지, 쟁반에 까는 종이

한 끼의 간식을 먹는 데
너무 많은 쓰레기가 생깁니다.

잘못하다가는 우리나라가
쓰레기 대한민국이 될지도 모르겠군요.

쓰레기를 줄이는 방법이 없을까요?
다함께 생각해 봅시다.

쓰레기를 줄이면
대한민국이 건강해집니다.

아무리 힘들어도

9세 때 어머니가 죽었습니다.

그때부터 가게 점원으로 일했습니다.

초등학교를 다니다 그만두었습니다.

22세 때 일하던 가게에서 해고당했습니다.

23세 때 빚을 얻어 친구와 가게를 차렸는데
친구가 죽는 바람에 큰 빚을 혼자 떠맡았습니다.

빚을 갚은데 15년이 걸렸습니다.

30세 때 약혼녀가 갑자기 죽어 버렸습니다.

35세 때 결혼했는데 아내는 성격이 못된 여자였습니다.

지방 하원의원에 출마하여 3번이나 떨어졌습니다.

어린 아들이 셋이나 병에 걸려 죽었습니다.

두 번 상원의원에 출마했는데 두 번 모두 떨어졌습니다.

49세 때 부통령으로 출마했는데 또 떨어졌습니다.

이 사람은 누구일까요?

바로 미국 16대 대통령 에이브러햄 링컨입니다.

링컨은 이런 수많은 고통과 좌절을 넘어
53세 때 마침내 미국 대통령에 당선되었습니다.

링컨은 현재 미국 사람들이 가장 존경하는
대통령 1위랍니다.

아무리 어려운 일이 있더라도 힘내세요.

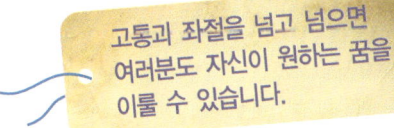

고통과 좌절을 넘고 넘으면
여러분도 자신이 원하는 꿈을
이룰 수 있습니다.

용서

친구가 내게 큰 실수를 저질렀어요.
어떻게 할까요?

용서하세요.

친구가 약속을 안 지켰어요.
어떻게 할까요?

용서하세요.

친구가 내 험담을 하고 욕을 했어요.
어떻게 할까요?

용서하세요.

잘 생각해 보세요.
나도 언젠가 친구에게
큰 실수를 한 적이 있을 겁니다.
약속을 안 지키고
욕을 한 적도 있을 겁니다.

용서하지 않으면
미움과 다툼만 남습니다.

용서하세요.

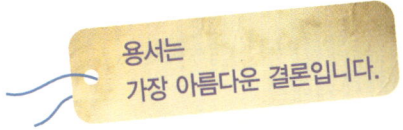

용서는
가장 아름다운 결론입니다.

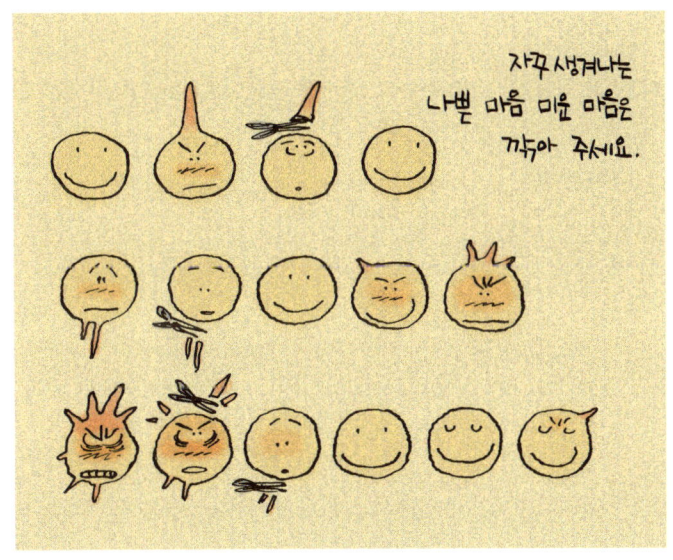

행복한 오늘을 위한 열 가지 다짐

1. 오늘 하루만은 모든 사람에게 친절하고 칭찬을 많이 해 주자.

2. 오늘 하루만은 부모님께 짜증 부리지 말고 미소를 보여 드리자.

3. 오늘 하루만은 남을 헐뜯는 말을 하지 말자.

4. 오늘 하루만은 형제들과 다정하게 지내자.

5. 오늘 하루만은 주어진 숙제와 공부를 기분 좋게 해치우자.

6. 오늘 하루만은 많이 웃고 남에게도 웃음을 나누어 주자.

7. 오늘 하루만은 살아 있는 모든 동물, 식물을 아끼고
   보살펴 주자.

8. 오늘 하루만은 음식에 욕심 부리지 말고 적당히 먹자.

9. 오늘 하루만은 나보다 여러 사람의 행복을 먼저 생각하자.

10. 오늘 하루만은 자유로운 대한민국에 사는 것에 감사하자.

딸의 격려

세계적인 오페라 가수가
독창회를 열기로 했습니다.

드디어 독창회가 열리는 날,
수많은 팬들이 극장으로 몰려들었습니다.

그런데 막상 공연을 알리는 벨이 울렸을 때
갑자기 사회자가 뛰어나오더니
당황한 목소리로 말했습니다.

"여러분, 죄송합니다.
비행기가 연착되어 오늘의 주인공이 좀 늦을 것 같습니다.
잠시 기다리는 동안 신인가수 한 분이
대신 노래를 들려드리겠습니다."

사람들은 매우 실망했습니다.
여기저기서 투덜거리는 소리가 들려왔고
장내 분위기는 순식간에 얼어붙었습니다.

잠시 후, 신인가수가 무대로 나왔습니다.

그는 프로그램 뒷부분에
잠깐 나오기로 되어 있는 가수였습니다.

가수는 썰렁한 분위기 속에서
최선을 다해 노래를 불렀습니다.

하지만 노래가 끝난 후 박수를 치는 사람은
아무도 없었습니다.
사람들은 그 가수를 쳐다보지도 않았습니다.

바로 그때, 극장 2층 구석에서 한 여자아이가
큰 소리로 외쳤습니다.
"아빠, 정말 최고였어요!"

신인가수는 깜짝 놀라 그쪽을 바라보았습니다.
자기 딸아이가 격려를 보냈다는 걸 알고
그는 희미하게 미소 지었습니다.
조명에 비친 그의 눈에는
반짝 눈물이 고여 있었습니다.

몇 초가 지났습니다.
냉랭하게 굳어 있던 사람들의 얼굴에
따스한 미소가 번지기 시작했습니다.

이내 사람들은 하나둘 자리에서 일어서기 시작했습니다.
곧 우레와 같은 박수갈채가 쏟아졌습니다.

Happy Class... 행복한 교실

아빠 엄마가 아이들을 사랑하는 것, 아이들이 엄마 아빠를 사랑하는 것,
평범하고 사소한 일 같지만 세상에서 가장 소중하고 아름다운 일입니다.

그거 알아?
FAMILY는
Father
And
Mother
Love
You 의
약자라는 것!

Happy
Today

네 번째 행복

행복이 담긴 풍경

칭찬은 고래도 춤추게 한다 | 케냐의 빛, 와돈고 | 당당하게 | 천국과 지옥 |
시인의 마음 | 흥청망청 쓰는 물 | 창의력의 힘 | 악기가 주는 기쁨 | 세 가지
질문 | 눈물의 초콜릿 | 거짓말 | 감사하는 마음 | 편지의 힘 | 지구촌 불끄기
| 코르넬리아의 보석 | 소설가와 농부 | 나눔 실천 | 행복이 숨어 있는 곳

칭찬은 고래도 춤추게 한다

범고래는 바다의 무법자입니다.
육식이라 닥치는 대로 물어뜯고 공격합니다.

그런데 뛰어난 조련사는 범고래도
얌전하게 만들 수 있답니다.
춤을 추게 만들 수도 있고요.

범고래가 훈련을 할 때 말을 잘 들으면
조련사는 지나칠 정도로 칭찬을 많이 해 줍니다.

그러면 범고래는 칭찬을 듣기 위해
계속 조련사가 원하는 행동을 하게 된답니다.

나중에는 펄쩍펄쩍 뛰며 춤을 추기도 하고요.

가족에게
친구에게
모르는 사람에게도
자주 칭찬의 말을 하세요.

칭찬은 가장 쉽게 만들 수 있는
행복 에너지입니다.

케냐의 빛, 와돈고

케냐 국민의 반은 아직도
전기 없이 어둠 속에서 살아갑니다.
케냐의 수도 나이로비에 사는 사람들도
3분의 1이나 전기 없이 살아갑니다.

밤이 되면 케냐 학생들은
공부도 할 수 없고
책을 읽을 수도 없습니다.

장작을 지펴 불을 밝힐 수 있지만
매캐한 연기가 방에 가득 차
눈이 아프고 숨도 제대로 쉴 수 없습니다.

공부를 할 수 없으니
가난한 집 아이들은 자신의 가난을
그대로 자기 후손에게
물려줄 수밖에 없습니다.

이런 케냐에
빛을 나누어 주는 이가 있습니다.
23세의 청년 에반스 와돈고입니다.

와돈고는 대학 졸업 후 일해서 번 돈으로
하루 한 끼만 먹고 나머지 돈으로 태양열 전등을 만들어
가난한 사람들에게 공짜로 나누어 줍니다.

3년 동안 50개 마을에 무려
1만 개의 전등을 나누어 주었습니다.

케냐의 미래에 빛을 나누어 주는 사람,

와돈고는
희망과 행복의 전도사입니다.

당당하게

잘못했으면
당당하게 인정하고
사과하면 됩니다.

꼴찌를 했다면
당당하게 인정하고
다시 노력하면 됩니다.

달리다 넘어지면
당당하게 일어나
다시 뛰면 됩니다.

언제 어디서든 기죽지 마세요.
비겁해지지 마세요.
당당하게 긍정적으로 생각하세요.

당당한 사람은
지지 않습니다.

당당하면
져도 아름답습니다.

천국과 지옥

지옥에서 쓰는 숟가락은
길이가 매우 길다고 합니다.
그래서 밥을 먹기가 힘듭니다.
아무리 팔을 쭉 뻗어 먹으려 해도
숟가락이 입에 닿지 않습니다.
입에 닿기 전에 바닥에 다 흘리고 말지요.
그러니 배가 고파 죽을 지경입니다.

천국에서 쓰는 숟가락도
마찬가지로 매우 길다고 합니다.
하지만 지옥에서와 달리 천국에선
별 어려움 없이 밥을 먹습니다.
밥알 하나 흘리지 않고 즐겁게 밥을 먹지요.
그러니 배고픔을 모르고 늘 행복합니다.

왜냐고요?
천국에선 서로 밥을 떠먹여 주거든요.

나만 생각하느냐 아니면 서로 돕느냐의 차이가
천국과 지옥을 가릅니다.

시인의 마음

프랑스의 한 시인이 오두막집에서
혼자 살고 있었습니다.
시인은 목에 병이 들어 쿨룩쿨룩 기침을 했습니다.

하루는 그 동네 아가씨가 시인의 집으로 찾아왔습니다.

집안으로 들어가 보니 시인은 썰렁한 거실에서
딱딱한 빵을 찬 우유에 적셔 먹고 있었습니다.

아가씨가 물었습니다.
"선생님, 왜 찬 우유를 그냥 드십니까? 목에 해롭습니다."

아가씨는 곧장 벽난로로 가 불을 지피려고 했습니다.
그러자 시인이 손을 내저으며 말했습니다.

"그냥 두세요, 불은 피우지 않아도 됩니다."
"안 돼요, 찬 우유를 드시면 병이 더 악화됩니다."

아가씨는 성냥을 그어 벽난로 아궁이에 들이밀었습니다.
그러자 시인이 버럭 외쳤습니다.
"불을 피우지 말라니까요!"

시인이 화를 내자 아가씨는 머쓱하여 돌아보았습니다.

시인은 금세 화낸 것을 사과하며 말했습니다.
"소리를 질러 미안합니다.
하지만 불을 피우면 안 되는 이유가 있답니다."
"무슨 이유요?"

시인은 손가락으로 굴뚝을 가리켰습니다.
"얼마 전에 작은 새가 저 굴뚝 위에다
집을 짓고 알을 낳았답니다. 저도 며칠 전에야 알았지요.
그런데 거기에 불을 피우면 어떻게 되겠습니까?"

작은 생명도 소중히 여기는 마음,
시인의 마음입니다.

흥청망청 쓰는 물

우리나라 사람의 1일 물 사용량은
약 360리터입니다.*

다른 나라의 사용량은 아래와 같습니다.
독일 130리터, 프랑스 160리터
그리스 170리터, 네덜란드 180리터
이탈리아 230리터, 스위스 280리터

또 우리나라 사람은
사용하는 물의 절반을
그냥 버린다고 합니다.

양치질 할 때 1분 동안
물을 약하게 틀어놓으면 20리터 낭비.
컵을 사용하면 2리터면 충분.

설거지 할 때 5분 동안
물을 강하게 틀어 놓으면 200리터 낭비.
그릇에 받아서 하면 20리터면 충분.

세차할 때 호스로 물을 뿌리면
5분 동안 40동이의 물 낭비.
양동이에 받아서 하면 단 5동이로 충분.

우리나라는 물 부족 국가라고 합니다.
물을 아껴야겠지요?

물을 절약하면
대한민국이 행복해집니다.

*2009년 1월 환경수도신문 기사

창의력의 힘

일본의 지바 현에 사는 가와구치 씨는
살던 집을 팔고 빚까지 얻어
사람이 잘 안 다니는 외진 곳에
우동집을 차렸습니다.

"가게가 망하면 내 인생도 끝이다."
가와구치 씨는 결연한 심정이었습니다.

그는 독특한 아이디어를 내
가게에다 '거꾸로 된 우동집'이란
간판을 달았습니다.

그러고는 건물도 지붕이 땅에 박힌 듯 거꾸로 짓고
인테리어도 모두 거꾸로 해 놓았습니다.

천장에 방석을 붙여 놓고, 화분도 거꾸로 놓고,
시계도, 액자도, 메뉴도
모두 거꾸로 붙여 놓았습니다.

그러자 이게 웬일인가요!
사람들이 신기한 가게를 구경하려고
구름처럼 몰려들었습니다.
물론 우동 맛도 괜찮았지요.

가와구치 씨는 돈을 많이 벌어
단 몇 개월 만에 빚을 모두 갚았습니다.

지금은 여러 개의 체인점을 거느린
엄청난 부자 사업가가 되었답니다.

Happy Class... 행복한 교실

남들이 이상한 녀석이라고 말하더라도 괴상하고 톡톡 튀는 생각을 많이 하세요.
남들이 괴짜라고 손가락질하더라도 특이하고 재미있는 생각을 많이 해 보세요.
나만의 아이디어, 나만의 창의력이 성공의 문을 여는 열쇠입니다! 영국의 시인인
사무엘 존슨은 이런 말을 했습니다.
"남이 하는 것을 흉내 내 큰 성공을 거둔 사람은 없었다."

악기가 주는 기쁨

베네수엘라 빈민가 청소년들은
마약과 범죄의 유혹에 빠져 있습니다.
이들의 미래는 그야말로 캄캄합니다.

베네수엘라 전 문화부장관 아브레우는
이들을 마약과 범죄에서 구해 내기 위해
오케스트라를 조직했습니다.

마약과 총 대신 악기를 잡은 청소년들은
금세 음악의 매력에 빠져 들었습니다.

베토벤의 교향곡을 연주하던 한 아이는
자기도 모르게 눈물을 뚝뚝 흘렸습니다.

지하 주차장에서 7명으로 시작한 이 오케스트라는
현재 300명도 넘는 큰 오케스트라가 되었습니다.
이후 베네수엘라는 음악을
청소년 정서 교육의 중요한 수단으로 발전시켰습니다.

베네수엘라에는 전국 125개 학교에서
일주일에 6번, 하루 4시간씩
악기를 연주하는 아이들이 25만 명이나 됩니다.
어린이, 청소년 오케스트라는 무려 300개나 된답니다.

세계적인 첼리스트 장한나는 말합니다.
"베네수엘라는 음악으로 마약과 범죄에 빠진
청소년들을 구하고 세계가 인정하는
문화강국이 되었답니다."

음악은 소리로 창조한 천국입니다.

세 가지 질문

러시아의 작가 톨스토이에게
다음 세 가지를 물었습니다.

일생에서
가장 중요한 때는 언제입니까?
가장 중요한 사람은 누구입니까?
가장 중요한 일은 무엇입니까?

톨스토이가 말했습니다.

가장 중요한 때는 지금입니다.
가장 중요한 사람은 지금 함께 있는 사람입니다.
가장 중요한 일은 지금 함께 있는 사람에게
선행을 베푸는 것입니다.

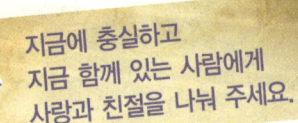

지금에 충실하고
지금 함께 있는 사람에게
사랑과 친절을 나눠 주세요.

눈물의 초콜릿

초콜릿의 주원료는 코코아입니다.
카카오나무 씨앗을 볶아 만든 가루(코코아)에
우유, 설탕, 향료 등을 섞어서 초콜릿을 만들지요.

코코아 생산량 세계 1위인 나라는
서아프리카의 코트디부아르입니다.
이 나라에서
세계 코코아의 40%를 생산하고 있습니다.

수백만의 코코아 생산 노동자 중에는
10만 명의 어린이 노동자가 있습니다.
부모님이 진 빚을 갚기 위해
카카오 농장 일꾼이 된 어린이들입니다.

어떤 아이들은 겨우 우리 돈 4만 원에 팔려가
노예처럼 일하기도 합니다.

아이들은 하루 10시간씩 일하고
단돈 몇 백 원의 일당을 받습니다.

농장 주변에는
아이들이 도망치지 못하게
총을 든 경비들이 지키고 있습니다.

아이들은 온종일 카카오 열매를 따고
코코아를 생산하지만
정작 초콜릿이 어떻게 생긴 줄도 모르고
한 번도 먹어본 적도 없다고 합니다.

잊지 마세요.
밸런타인데이에 주고받는
달콤한 초콜릿 안에는
코트디부아르 아동 노예들의
고통과 눈물이 들어 있습니다.

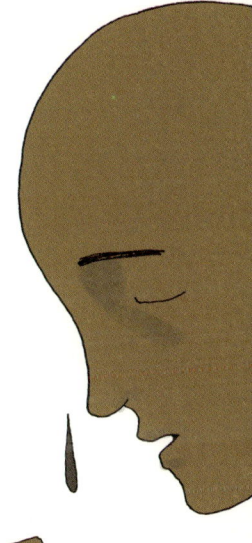

거짓말

아이스크림을 먹고 배탈이 난 진수는 어머니와 약속했습니다.
당분간 아이스크림을 사먹지 않기로요.

용돈을 받은 날 진수는 슈퍼마켓 앞에서 망설이다
몰래 아이스크림을 사먹었습니다.
너무 먹고 싶어 참을 수가 없었습니다.

집에 들어갔을 때 어머니가 물었습니다.

"용돈으로 아이스크림 사먹은 거 아냐?"
"아니에요. 안 사먹었어요." (첫 번째 거짓말)

"그럼 뭐 사먹었어?"
"빵이오." (두 번째 거짓말)

"무슨 빵 사먹었어?"
"카스텔라요." (세 번째 거짓말)

"배탈 거의 다 나았지?"
"네, 아이스크림 안 먹었더니 다 나았어요." (네 번째 거짓말)

사실 진수는 속이 별로 좋지 않았습니다.
배탈이 다 낫지 않았는데 또 아이스크림을 먹었기 때문입니다.

"우리 아들 착하네. 엄마랑 한 약속도 잘 지키고."
"제가 원래 약속 잘 지키잖아요." (다섯 번째 거짓말)

진수는 그렇게 말하고 사실 마음이 조금 찔렸습니다.
어머니께 미안했습니다.

그리고 진수는 급히 화장실로 달려갔습니다.
다시 설사가 쏟아지기 시작했거든요.

Happy Class... 행복한 교실

한 번 거짓말을 하면 그 거짓말을 감추기 위해 계속 거짓말을 해야 합니다. 당당하고 싶다면 거짓말하지 마세요. 거짓말은 할 때마다 본인의 자존심에 상처를 냅니다.

감사하는 마음

신발이 없으면 굉장히 불편했을 겁니다.
−신발을 만든 분께 감사.

전등이 없다면 밤엔 아무 것도 못 했을 겁니다.
−발명왕 에디슨께도 감사.

친구가 없다면 우린 정말 외로웠을 겁니다.
−친구들에게도 감사.

선생님이 없다면 우린 아무것도 배우지 못했을 겁니다.
−선생님께도 감사.

부모님이 없다면 우린 불쌍한 고아가 되었을지도 모릅니다.
−부모님께도 감사.

밥 먹을 때도, 잠 잘 때도, 게임할 때도 감사.
축구를 하다 한 골 넣었을 때도 역시 감사.

모든 일에 감사하는 마음을 가지고 살면
세상은 훨씬 아름다워질 겁니다.

감사하는 마음이
행복을 만드는 마음입니다.

편지의 힘

유경이는 어제 친구와 말다툼을 했습니다.
별 것도 아닌 일로 화를 내며 싸웠습니다.

어떻게 하면 화해할 수 있을까 고민하다
유경이는 편지를 쓰기로 했습니다.

어제 그 일 정말 미안해.
너를 좋아하는 내 마음 알지?

민철이는 어제 엄마에게 야단을 맞았습니다.
집에 오자마자 게임만 한다며 된통 혼났습니다.

엄마도 민철이도 기분이 안 좋아
집안 분위기가 썰렁했습니다.

민철이는 어떻게 할까 고민하다가
엄마께 편지를 쓰기로 했습니다.

엄마, 화나게 해서 죄송해요.
앞으로 착한 아들 될게요. 사랑해요.

단 두 줄의 편지가 얼음 같은 마음을 녹여 줍니다.

화해와 사랑을 전하고 싶다면 지금 편지를 쓰세요.
길게 쓰지 않아도 괜찮아요.
단 두 줄이면 충분합니다.

지구촌 불끄기

2010년 3월 27일
지구촌 불끄기 행사가 있었습니다.

2007년 호주 시드니에서
지구 온난화의 위험을 알리기 위해 시작한 이 행사는
해마다 참가 도시가 늘어
현재 전 세계 6000개 도시에서
10억 명이 동참하는 큰 행사가 되었습니다.

밤 8시 30분부터 9시 30분까지
1시간 동안 불을 끄는 이 행사는
파도타기처럼 이어집니다.

호주 시드니를 시작으로 대한민국 서울,
태국 방콕, 이스라엘 텔아비브, 프랑스 파리,
아일랜드 더블린, 미국 뉴욕, 캐나다의 밴쿠버…….

국제적인 명소들도 이 행사에 동참합니다.
파리의 에펠탑, 뉴욕의 엠파이어스테이트 빌딩,
로마의 콜로세움, 시드니의 하버 브릿지,
토론토의 CN타워 등등.

여러분도
지구촌 불끄기 행사에 꼭 참여하세요.

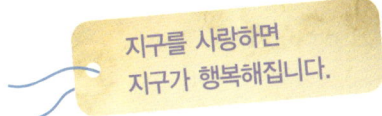

코르넬리아의 보석

고대 로마에 코르넬리아라는
아름다운 귀족 부인이 살았습니다.

부인은 매우 부유한 집안에서 태어났지만
늘 검소한 생활을 즐겼습니다.

하루는 코르넬리아의 집에
귀족 부인들이 찾아왔습니다.

귀족 부인들은 자기가 가지고 있는
보석에 대해 자랑을 늘어놓기 시작했습니다.

한 부인이 코르넬리아에게 물었습니다.
"당신도 보석이 있지요? 좀 보여 주세요."

코르넬리아가 웃으며 말했습니다.
"나에게는 그런 보석은 없지만 다른 보석은 있답니다."
"어떤 보석이요?"

코르넬리아는 갑자기 어린 두 아들을 불렀습니다.
두 아들을 가리키며 코르넬리아가 말했습니다.

"이 두 아이가 바로 나의 보석입니다.
로마 전체를 다 준다 해도 바꿀 수 없는
나의 가장 귀한 보물이지요."

코르넬리아의 말에 귀족 부인들은 할 말을 잃었습니다.

 *Happy Class...* 행복한 교실

이 일화에서 '코르넬리아의 보석'이란 말이 생겼습니다. 코르넬리아의 두 아들은
나중에 큰 인물이 되었습니다. 로마 호민관으로 대로마 건설에 혁혁한 공을 세운
그락쿠스 형제가 바로 그들입니다.

소설가와 농부

세계적으로 유명한 장편 소설 《대지》를 쓴
소설가 펄벅이 우리나라에 처음으로
방문했을 때의 일입니다.

펄벅이 황혼이 짙은 시골길을 지나고 있는데
한 농부가 소달구지를 끌고 집으로 돌아가고 있었습니다.

달구지에는 짚단이 조금밖에 실려 있지 않은데도
농부는 자기 지게에 따로 짐을 지고 걷고 있었습니다.

합리적인 사람이라면
당연히 이상하게 볼 만한 광경이었습니다.
무겁게 지게에 짐을 지고 갈 게 아니라 달구지에 실어 버리면
아주 간단할 것이기 때문입니다.
또한 농부도 소달구지를 타고 가면 더욱 편할 것입니다.

펄벅이 농부에게 다가가 물었습니다.
"왜 소달구지를 타고 가지 않고 지게에 짐을 지고
힘들게 가십니까?"

농부가 웃으며 말했습니다.
"에이, 어떻게 타고 갑니까.
저도 하루 종일 일했지만 소도 하루 종일 일했는데요.
그러니 짐도 나누어서 지고 가야지요."

펄벅은 크게 웃으며 고개를 끄덕였습니다.

농부와 함께 일하는 소는
가축이 아니라 가족입니다.

나눔 실천

인도에는 하녀나 하인으로 일하는 아동 노예가
1200만 명이나 됩니다.
이들이 한 달 동안 일해서 버는 돈은 고작
우리 돈 2,500원 정도입니다.

수단에서는 아동 노예를 사고팝니다.
50달러, 우리 돈 5만 원에
어린이를 사고파는 겁니다.

30만 명의 아이티 아동 노예는
주인이 먹을 것을 잘 주지 않아
진흙으로 만든 쿠키를 먹고 있습니다.
일을 하고도 전혀
돈을 받지 못하는 어린이도 많습니다.

부모 품에서 사랑받으며 커야 할 어린이가
학교도 다니지 못하고 주인에게 학대받으며
극심한 노동에 시달리고 있습니다.

2011년, 바로 지금
이런 일이 벌어지고 있습니다.

이런 어린이들을 돕는 단체에
기부를 해 본 적 있나요?
10원, 100원, 1,000원
돈의 액수는 상관없습니다.

나눔을 실천해 보세요.

나눔은 누구나 할 수 있는
가장 아름다운 선행입니다.

행복이 숨어 있는 곳

인간은 원래 행복을 가지고 있었습니다.
그런데 인간들이 너무 거만해져
천사들이 행복을 빼앗아가 버렸답니다.

행복을 가져갈 때 천사들이 모여 회의를 했습니다.

"행복을 빼앗아서 어디다 감추면 좋을까?"
"깊은 바닷속에 감추면 어떨까?"
"안 돼. 인간은 약아서 금세 찾아낼 거야."
"그럼 높은 히말라야 정상에 감추자."
"그것도 안 돼. 인간들은 모험심이 강해서
거기도 금세 찾아낼 거야."

한참 회의를 하다 마침내 천사장이 말했습니다.

"인간의 마음속에 감추는 게 좋겠다.
인간들은 똑똑하고 모험심도 강하지만
자기 마음속에 숨어 있는 것은
잘 찾지 못하거든."

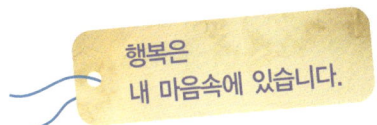

1318 행복을 공부합니다

1판 1쇄 인쇄 | 2011. 4. 1.
1판 1쇄 발행 | 2011. 4. 6.

양태석 글 | 황중환 그림

발행처 김영사 | 발행인 박은주 | 편집인 박숙정
편집주간 배수원 | 책임편집 문자영 | 책임디자인 전성연
편집 전지운 고영완 이은경 김진희 김지아 김은중 김인혜 김효성
디자인 김순수 이설아 | 해외저작권 황인빈
마케팅 이희영 이재균 박진옥 정민영 양봉호 강점원 윤진경 | 제작 안해룡 박상현 김일환
등록번호 제 406-2003-036호 | 등록일자 1979. 5. 17.
등록 경기도 파주시 교하읍 문발리 파주출판단지 515-1(우413-756)
전화 마케팅부 031-955-3102 | 편집부 031-955-3113~20 | 팩스 031-955-3111

값은 표지에 있습니다.
ISBN 978-89-349-4564-2 43800

좋은 독자가 좋은 책을 만듭니다. 김영사는 독자 여러분의 의견에 항상 귀 기울이고 있습니다.
독자의견전화 031-955-3112 | 전자우편 book@gimmyoung.com | 홈페이지 www.gimmyoungjr.com